Pia Biehl –
Anna-Katharina Stahl (Illustratorin)

Die schönsten Taufgebete

camino.

Pia Biehl –
Anna-Katharina Stahl (Illustratorin)

Die schönsten Taufgebete

Mit Taufsprüchen

camino.

1. Auflage 2019
Ein camino.-Buch

Gesamtgestaltung: Anna-Katharina Stahl, Stuttgart
Druck und Bindung: Finidr s.r.o., Lípová 1965, 737 01 Český Těšín, Czech Republic
Verlag: Verlag Katholisches Bibelwerk GmbH, Silberburgstraße 121, 70176 Stuttgart

www.caminobuch.de
ISBN 978-3-96157-088-1

Inhalt

Liebe Eltern,

Sie feiern das Fest der Taufe Ihres Kindes!
Es ist schön, dass Sie für Ihr Kind um das Sakrament der Taufe bitten.
Sie zeigen damit: Wir möchten, dass unser Kind Jesus als seinen Freund kennenlernt.
Wir übernehmen die Verantwortung dafür, unser Kind im christlichen Glauben zu erziehen.
Wir möchten, dass unser Kind in die Gemeinschaft der Kirche aufgenommen wird.
Dieses Büchlein möchte Sie auf Ihrem Weg ein Stück begleiten.
Gebete und Anregungen möchten Ihnen Ratgeber zur Tauffeier und darüber hinaus sein, eine Handreichung, die Sie darin unterstützen kann, schon einem kleinen Kind die Nähe Gottes erfahrbar zu machen.

Taufgebete

Gebete der Eltern

Gottes Segen wünschen wir dir
auf deinem Weg ins Leben.
Gottes Segen für deine ersten tastenden Schritte
und die großen und kleinen Schritte,
mit denen du deinen Weg gehen wirst.
Gottes Segen für deine ersten Worte und Töne
und die Sätze, die du sprechen,
die Lieder, die du singen wirst im Konzert
deines Lebens.
Gottes Segen für all deine Entdeckungen
und Erfahrungen,
für die großen und die kleinen,
die guten und die schlechten,
die bahnbrechenden und die,
die dich reicher machen.
Gottes Segen wünsche ich dir
auf dem Weg in dein Leben.

Du mein Kind

Du mein Kind
so klein in meinem Arm
Geschenk des Schöpfers
wunderbar
wertvoll
einzigartig

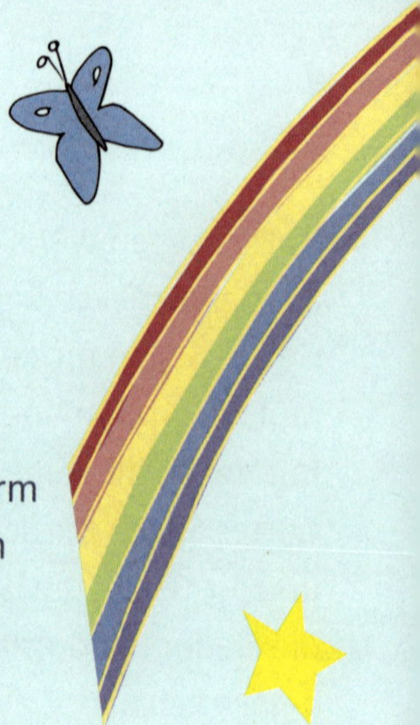

Du mein Kind
so klein in meinem Arm
ich will dich begleiten
in dein Leben
mit all meiner Liebe
mit all meiner Sorge

Du mein Kind
so klein in meinem Arm
Ich wünsche dir Freude
Freude, die du erfährst,
Freude, die du anderen schenkst

Ich wünsche dir
die Fähigkeit zu streiten
mit anderen
für andere

Ich wünsche dir
Mut zur Versöhnung
dass du verzeihen kannst
dass dir verziehen wird

Du mein Kind
so klein in meinem Arm
ich wünsche dir
Wissensdurst
Entdeckergeist
Mut und Geduld

Ich wünsche dir Menschen,
die dein Leben begleiten
liebevoll
wohlwollend
beschützend

Du mein Kind
so klein in meinem Arm
mit all meiner Liebe
all meiner Sorge
vertraue ich dich
vertraue ich dein Leben
dem Segen Gottes an

Gebet der Paten

Guter Gott,
die Eltern von .... haben uns eingeladen,
ihn/sie als Paten auf dem Lebensweg zu begleiten.
Es ist eine große Verantwortung,
die wir gerne übernehmen.
Stärke uns, dass wir .... gute Wegbegleiter sind.
Wir wollen uns mit ihm/ihr freuen,
aber auch da sein, wenn er/sie traurig ist
und Sorgen hat.
Schenke uns die Gabe, unser Patenkind
auch im Glauben zu begleiten,
von dir, Gott, zu erzählen.
Begleite uns bei unserer wichtigen Aufgabe
mit deinem reichen Segen. Amen.

Den Segen Gottes wünsche ich dir

Den Segen Gottes wünsche ich dir,
der dich in der Taufe annimmt als sein Kind.
Den Segen Gottes wünsche ich dir,
der dir das Leben geschenkt hat
und damit Fähigkeiten und Talente,
die dich einzigartig machen.
Den Segen Gottes wünsche ich dir,
der in der Taufe mit Wasser all das von dir nimmt,
was dich von ihm trennen kann.
Den Segen Gottes wünsche ich dir,
der dich ganz persönlich anspricht.
Der dich bei deinem Namen ruft.
Den Segen Gottes wünsche ich dir,
der dir helfen will,
in deinem Leben Licht für andere zu sein.
Den Segen Gottes wünsche ich dir,
der dir zusagt, immer bei dir zu sein.

Was ich dir wünsche

... dass deine Freundschaft mit Jesus
wächst und stark wird;
dass sie dich trägt,
wie ein Baum;
dass sie dich wärmt,
wie ein knisterndes Feuer;
dass sie dich froh macht,
wie ein wunderschöner Sommertag;
dass die Freude deines Tauftages
dich und deine Familie und Paten
wie ein Licht begleitet;
dass du immer spürst:
Gott ist bei mir;
dass Gott dich mit seinem Segen begleitet.

Fürbitten zur Taufe

Gott ist ein guter Vater. Wir dürfen ihm alles sagen, auch unsere Bitten.
In den Fürbitten bitten wir für jemanden.

Im Rahmen der Tauffeier liegt es nahe, dass wir für das Taufkind bitten, für die Eltern, die Familie, die Paten. Mit den Fürbitten sind wir in den Gottesdiensten – also auch im Taufgottesdienst – in die große Gemeinschaft aller Christen hineingenommen. Daher schließen wir in unsere Bitten beispielsweise auch Menschen in Not, Kranke und Verstorbene mit ein.

Es gibt in den kirchlichen Texten vorformulierte Fürbitten für die Taufe. Sie können aber auch eigene Bitten formulieren. Hier finden Sie einige Beispiele:

Die Fürbitten beginnen mit folgender Einleitung:

Guter Gott, in der Taufe schenkst du N.N. deine Liebe und deinen Segen. Du willst sie/ihn durch das Leben begleiten. Voll Vertrauen bitten wir dich:

Schenke N.N. Menschen, die sie/ihn liebevoll auf dem Weg begleiten und helfen, das Leben zu lernen und die Welt zu entdecken.

Die Gemeinde antwortet auf jede Bitte:
Wir bitten dich, erhöre uns.

Es kann auch ein passender Liedruf gesungen werden. Zum Beispiel: „Das wünsch ich sehr, dass immer einer bei dir wär, der lacht und spricht: Fürchte dich nicht.“ (Kurt Rose)

Du hast N.N. Talente und Fähigkeiten geschenkt, die sie/ihn einzigartig machen. Wir wollen ihr/ihm helfen, sie zu entdecken. Wie schön, wenn sie zum Segen werden.

Wir bitten für die Eltern von N.N.:
Schenke ihnen die Fähigkeit, ihrem Kind jetzt Wurzeln zu geben und ihm später Flügel zu schenken.

Wir beten für die Paten von N.N.:
Lass sie immer ein offenes Ohr für ihr Patenkind haben und Menschen sein, mit denen N.N. lachen und weinen, spielen und auch schimpfen kann, die verlässliche Freunde auf dem Lebensweg sind.

Wir beten für alle Kinder, die nicht so freudig willkommen geheißen werden, denen es nicht so gut geht, wie unseren Kindern. Lass uns diese Kinder nicht aus dem Blick verlieren und schenke ihnen Menschen, die sie liebevoll begleiten und für sie sorgen.

Wir beten für unsere Gemeinde. Lass sie ein Ort sein, in dem Familien und Kinder willkommen sind und einen Ort finden, an dem lebendiger Glaube deine Liebe zu den Menschen bezeugt.

Wir beten für alle Menschen aus unseren Familien, die diesen Tag gerne mitgefeiert und die Geburt und Taufe unseres Kindes miterlebt hätten, die uns aber voraus gegangen sind.
Schenke ihnen das Leben und die ewige Freude bei dir.

Die Fürbitten enden mit:
Gott unser Vater, du hast uns dieses Kind geschenkt, in der Taufe vertrauen wir es deiner Liebe und deinem Segen an. Begleite N.N. an allen Tagen – den guten und den weniger guten – mit deiner Liebe, deinem Schutz und deinem Segen. Darum bitten wir dich voll Vertrauen. Amen.

Taufsprüche

Es ist, insbesondere in der evangelischen Kirche, ein schöner Brauch, dass Eltern einen Taufspruch für ihr Kind aussuchen. Mittlerweile werden auch in der katholischen Kirche den Kindern Taufsprüche gewidmet. Sie sollen dem Kind Begleiter durchs Leben sein. Die folgenden Taufsprüche sollen eine Anregung sein, in der Bibel und auch im Internet zu stöbern, welcher Spruch Ihnen so wichtig und wertvoll ist, dass Sie ihn Ihrem Kind mit auf den Weg durchs Leben geben möchten.

Ich habe dich beim Namen gerufen, du gehörst mir!

(Jes 43,1)

Der Prophet Jesaja drückt mit diesem Wort aus, wie wichtig und einzigartig jeder Mensch für Gott ist. ER kennt uns bei unserem Namen, wir sind in seine Hand geschrieben. Gott liebt jeden von uns mit allen seinen Stärken und Schwächen. Das ist eine wunderbare Zusage an jeden Menschen ganz persönlich.

Wer sich so klein macht wie dieses Kind, der ist im Himmelreich der Größte. Und wer ein solches Kind in meinem Namen aufnimmt, der nimmt mich auf.

(Mt 18,4)

So, wie unsere Kinder für uns das Größte sind, so sind sie es auch für Jesus! Er liebt die Kinder, das kommt an mehreren Stellen in den Evangelien deutlich zum Ausdruck. In der Taufe gibt Gott jedem Kind die Zusage: Du bist das Größte. Ich schenke dir meine Liebe und begleite dich mit meinem Segen durch dein Leben.

Lasst die Kinder und hindert sie nicht, zu mir zu kommen! Denn Menschen wie ihnen gehört das Himmelreich. (Mt 19,1)

Auch dieser Spruch zeigt die unbedingte Liebe Jesu zu den Kindern. (siehe Mt 18,4)

Und er nahm die Kinder in seine Arme; dann legte er ihnen die Hände auf und segnete sie. (Mk 10,16)

Jesus segnet die Kinder. Er zeigt, wie wichtig sie ihm sind und dass er sie mit seiner Liebe, seinem Schutz und Segen durch das Leben begleiten möchte.

Du bist mein geliebter Sohn, an dir habe ich Wohlgefallen gefunden. (Mk 1,11)

Bei der Taufe Jesu am Jordan öffnet sich der Himmel und die Stimme Gottes ist zu hören: Du bist mein geliebter Sohn. Diese Zusage wird jedem Christen in der Taufe geschenkt: Du bist mein geliebter Sohn, meine geliebte Tochter. An dir habe ich Gefallen gefunden.

Freut euch in der Hoffnung, seid geduldig in der Bedrängnis, beharrlich im Gebet! (Röm 12,12)

Der Apostel Paulus hat diese Worte an die Gemeinde in Rom geschrieben. Es drückt seinen Wunsch aus, wie wir als Christen leben sollen und auch dürfen: Hoffend, geduldig und beharrlich, in der Gewissheit, dass Gott mit uns auf dem Weg ist.

Ich werde [...] dich segnen
[...]. Ein Segen sollst du sein.
(Gen 12,2)

Gott schenkt uns seinen Segen und er hilft uns, im Glauben an ihn und in seiner Nachfolge zum Segen für andere zu werden.

Denn er befiehlt seinen Engeln, dich zu behüten auf all deinen Wegen. (Ps 91,11)

Eine starke Zusage des Psalmisten: Gott liebt uns so sehr, dass er uns einen Engel zur Seite stellt, der uns auf allen Wegen behütet und beschützt.

Vielleicht haben Sie eine Stelle in der Bibel, die für Sie eine besondere Bedeutung hat, ein Spruch, ein Wunsch, eine Segenswort, das Sie Ihrem Kind mit auf den Weg geben wollen? Stöbern Sie, lesen Sie und fragen Sie ruhig den Priester, der Ihrem Kind die Taufe spendet.

Beten mit Kindern

Kommunikation, das Gespräch miteinander, ist die Grundlage einer jeden Beziehung. Je vertrauensvoller die Beziehung ist, desto mehr öffnen wir uns, sprechen wir aus, was wir denken.
Sie haben sicher auch schon vor der Geburt mit ihrem Kind gesprochen, diesem kleinen Wesen, das im Bauch der Mutter immer mehr heranwuchs, viele liebevolle Dinge erzählt. Vielleicht haben Sie Ihrem Kind auch etwas vorgesungen, oder Musik vorgespielt. Jetzt, wo ihr Kind auf der Welt ist, sehen Sie, wie es auf Ihre Worte reagiert, mit Ihnen kommuniziert. Wie spannend wird es erst, wenn Ihr Kind die ersten verständlichen Worte sagt.
Mit der Bitte um die Taufe für Ihr Kind haben Sie deutlich gemacht: Ja, wir möchten, dass dieses Kind im Glauben aufwächst. Wir möchten, dass Jesus sein Freund und Lebensbegleiter wird. Damit eine Freundschaft lebendig bleibt, braucht es den Austausch, die Kommunikation. In der Freundschaft mit Jesus, mit Gott, braucht es das Gebet. Beten ist nicht kompliziert! Beten heißt, Gott oder seinem Sohn Jesus alles das anzuvertrauen, was mich bewegt.

Ein Fundament können da die sogenannten Grundgebete der Kirche sein. Es ist hilfreich, das Vaterunser oder das Gegrüßet seist du, Maria zu kennen. Das persönliche Gebet lebt von eigenen Worten: Meine Freude, meinen Dank aber auch meine Fragen, meine Angst und meine Wut darf ich vor Gott bringen. ER hört mir zu.
Sie können den Tag gemeinsam mit Ihrem Kind mit einem kleinen Gebet beginnen:
Guten Morgen lieber Gott. Ich freue mich auf den Tag. Sei du bei mir, was auch immer ich heute erlebe. Amen.
Mit einem Tischgebet danken Sie für das Essen. Am Abend schauen Sie auf den Tag zurück und bitten um den Segen für die Nacht. Kleine Rituale helfen, das Gebet in den Tag zu integrieren. Hilfreich ist es, Raum für das Gebet zu schaffen. Ruhige Momente, in denen es möglich ist, ganz bei sich zu sein. Zum Beispiel am Abend vor dem Zubettgehen. Kinder teilen sich gerne mit. Ermutigen Sie Ihr Kind, sich Jesus mitzuteilen. Ihm zu erzählen, was es bewegt, genauso, wie es Ihnen oder den Großeltern etwas erzählt.

Hier finden Sie eine Auswahl an Gebeten, die Sie und Ihr Kind durch den Tag begleiten können. Vom Morgen bis zum Abend und auch gerne mal zwischendurch. Es gibt sicher immer wieder Momente, die Sie und Ihr Kind mit Gott teilen möchten. Freude und Dank, aber auch Ärger, Angst und Wut. Die Texte sind Impulse und Angebote zum Gebet. Schön ist es, wenn Sie mit Ihrem Kind eigene Worte finden.

Gebete AM MORGEN

Es kann ein schönes Ritual sein, den Tag mit einem kleinen Gebet zu beginnen.
Noch ein wenig kuscheln mit Mama oder Papa und Gott danken, dass alle fröhlich wieder aufgewacht sind. Auch nach einer unruhigen Nacht kann ein Gebet ein guter Start in den Tag sein.

Geh mit mir durch den Tag

Guten Morgen, lieber Gott,
da bin ich wieder:
Ich habe richtig gute Laune!
Scheint die Sonne? Prima!
Es regnet?
Klasse, dann können wir in die Pfützen springen.

Danke, dass du diese Nacht
auf mich aufgepasst hast, lieber Gott.
Geh auch mit mir durch den Tag!

Guten Morgen, lieber Gott

Guten Morgen, lieber Gott,
schenk uns heute unser Brot.
lass uns lachen und nicht weinen,
lasse deine Sonne scheinen,
bis in unser Herz hinein.
Lass uns immer bei dir sein.

(Volksgut)

Gib mir deinen Segen für diesen Tag

Guten Morgen, lieber Gott!
Na, bist du auch schon wach?
Ich habe sooooo gut geschlafen!
Mal sehen, wie der Tag heute so wird.
Wenn ich aufpasse und du aufpasst,
kann ja eigentlich nichts schief gehen.
Gib mir deinen Segen für diesen Tag, lieber Gott

Ein neuer Tag

Ein neuer Tag liegt vor mir, lieber Gott.
Ich bin gerade aufgestanden
und ganz gespannt darauf,
was heute so alles passiert.
Lieber Gott,
lass es einen schönen Tag werden.

Fröhlich bin ich aufgewacht

Fröhlich bin ich aufgewacht.
Danke für diesen neuen Tag,
lieber Gott.

Lieber Gott

Lieber Gott,
die Sonne scheint.
Ich freue mich auf den neuen Tag.
Sei bei mir mit deiner Liebe.

Lieber Gott

Lieber Gott,
heute kann ich lachen,
heute kann ich weinen,
ich kann Krach machen
und ich kann ganz leise sein.
Ich kann rufen und singen.
Fällt dir vielleicht noch etwas anderes ein?

Ein neuer Tag

Ein neuer Tag ist da!
Danke für den Wind.
Danke für die Sonne.
Danke für das Lachen.
Danke, dass wir spielen können.
Danke, lieber Gott
für jeden neuen Tag.

Lieber Gott

Lieber Gott, ich habe nicht gut geschlafen
heute Nacht.
Ich habe schlecht geträumt,
mein Bauch hat weh getan,
ich habe mich alleine gefühlt.
Danke, dass Mama und Papa mich getröstet haben.
Hilf uns bitte, dass es heute wieder besser ist.
Danke, lieber Gott, dass du so oft Zeit für mich hast.

TISCHgebete

Das gemeinsame Essen ist in viele Familien ein wichtiges Gut. Auch wenn mit einem Kleinkind das gemeinsame Essen nicht immer möglich ist, ist es doch schön, dem lieben Gott mit einem kleinen Tischgebet für das Essen zu danken.

Der Tisch ist gedeckt

Der Tisch ist gedeckt, lieber Gott.
Es riecht auch schon ganz lecker.
Aber bevor wir mit dem Essen anfangen,
wollen wir DANKE sagen
für alles, was du uns schenkst.
Lass uns die Menschen nicht vergessen,
die nicht so ein tolles Essen auf dem Tisch haben,
die vielleicht gar nichts zu essen haben.

Danke für das Essen

Für dich und für mich
ist der Tisch gedeckt.
Habe Dank, lieber Gott,
dass es uns gut schmeckt.

(Verfasser unbekannt)

Jedes Tierlein hat sein Essen,
jedes Blümlein trinkt von dir.
Hast auch unser nicht vergessen,
lieber Gott, wir danken dir.

(Volksgut)

Lieber Gott,
wir haben gegessen.
Es hat gut geschmeckt.
Danke, dass wir jeden Tag zu essen haben.
Lass uns die nicht vergessen,
denen es nicht so gut geht, wie uns.

Alle guten Gaben

Alle gute Gaben,
alles was wir haben,
kommt, o Gott, von dir.
Wir danken dir dafür.

(Volksgut)

Wir wollen danken für unser Brot

Wir wollen danken für unser Brot.
Wir wollen helfen in aller Not.
Wir wollen schaffen, die Kraft gibst du.
Wir wollen lieben, Herr, hilf dazu.

(Volksgut)

NACHTgebete

Wenn Sie sich an Ihre Kinderzeit erinnern, dann vielleicht an ein Abend-Ritual. Die Zeit vor dem zu Bett gehen und einschlafen ist oft eine Zeit, die ganz Eltern und Kind(ern) gehört. Eine Zeit, zur Ruhe zu kommen, zu erzählen, was am Tag so los war. Eine gute Gelegenheit, diesen Tagesrückblick mit einem Gebet zu verbinden.
Schauen Sie gemeinsam liebevoll auf den Tag zurück, besprechen Sie mit Ihrem Kind, was vielleicht nicht so gut war. Ermutigen Sie Ihr Kind alles, was vielleicht Angst gemacht hat, traurig war oder nicht so gut gelaufen ist, in Gottes Hand zu legen. Bitten Sie gemeinsam um Gottes Segen für die Nacht. Ob mit den Gebeten, die Sie schon von Ihren Eltern oder Großeltern gelernt haben, oder mit eigenen Worten.

Im Namen Jesu schlaf ich ein

Im Namen Jesu schlaf ich ein,
Gott wolle mein Beschützer sein.
Lieber Heiland, diese Nacht,
halt an meinem Bettchen Wacht.
Alle Kinder groß und klein,
sollen dir empfohlen sein.

(Volksgut)

Bevor des Tages Licht vergeht

Bevor des Tages Licht vergeht,
lieber Gott, höre dies Gebet:
Behüte uns in dieser Nacht
durch deine Güte und große Macht.

(Volksgut)

Gott, du kannst mir alles geben

Gott, du kannst mir alles geben,
gib auch, was ich bitte nun:
Behüte diese Nacht mein Leben,
lass mich ruhig und sicher ruhn.

(Volksgut)

Schlaf, mein Kind

Schlaf, mein Kind,
schlaf ein.
Gottes Engel wird bei dir sein.

Lass mich gut schlafen

So, wie ich mich jetzt
in mein Kissen kuschele,
so möchte ich mich heute Nacht
in deine Hand kuscheln, lieber Gott.
Lass mich gut schlafen
und etwas Schönes träumen.

Müde bin ich, geh zur Ruh

Müde bin ich, geh zur Ruh,
schließe meine Augen zu.
Vater, lass die Augen dein
über meinem Bette sein.
Hab ich Unrecht heut getan,
sieh es lieber Gott nicht an.
Alle, die mir sind verwandt,
Gott, lass ruhn in deiner Hand.
Alle Menschen groß und klein,
sollen dir befohlen sein.
Müden Herzen sende Ruh,
nasse Augen schließe zu,
lass den Mond am Himmel stehn
und die stille Welt besehn.

(Luise Hensel)

Lieber Gott, ich schlafe ein

Lieber Gott ich schlafe ein.
Sag den lieben Engeln dein,
dass sie auch in dieser Nacht
halten bei mir treue Wacht.

(Verfasser unbekannt)

Ich möchte es morgen besser machen

Toll war das wirklich nicht,
wie ich mich heute benommen habe.
Lieber Gott, ich weiß das,
und es tut mir aufrichtig leid.
Ich möchte es morgen besser machen.
Bleib heute Nacht bei mir, bitte, lieber Gott.
Sei auch morgen bei mir und hilf mir,
dass es morgen besser klappt.

Ich schenke Gott, dir diesen Tag

Ich schenke Gott, dir diesen Tag,
den du mir gabst, jetzt wieder;
auf das, was dir gefallen mag,
schau voller Güte nieder.
Behüte mich, die Eltern mein,
die Menschen all auf Erden.
Lass uns in deinem Frieden sein
und wie Geschwister werden.

Segne Vater, mich am Abend

Segne Vater, mich am Abend,
segne du das Herze mein.
Segne Vater und die Mutter,
segne die Geschwister mein.
Segne, die uns sind verwandt,
segne alle Leut im Land.
Segne uns in allen Dingen,
wollst uns in den Himmel bringen.

(Volksgut)

Abends, wenn ich schlafen geh

Abends, wenn ich schlafen geh,
vierzehn Engel bei mir stehen.
Zwei zu meiner Rechten,
zwei zu meiner Linken,
zwei zu meinen Häupten,
zwei zu meinen Füßen.
Zwei, die mich decken,
zwei, die mich wecken.
Zwei, die mich weisen
ins himmlische Paradeis.

(überliefert)

Der Mond ist au

Der Mond ist aufgegangen,
die goldnen Sternlein prangen,
am Himmel hell und klar;
der Wald steht schwarz und schweiget
und aus den Wiesen steiget,
der weiße Nebel wunderbar.

Wie ist die Welt so stille,
und in der Dämmrung Hülle
so traulich und so hold!
Als eine stille Kammer,
wo ihr des Tages Jammer
verschlafen und vergessen sollt.

Sehr ihr den Mond dort stehen?
er ist nur halb zu sehen,
und ist doch rund und schön!
So sind wohl manche Sachen,
die wir getrost belachen,
weil unsere Augen sie nicht sehn.

gangen

So legt euch nun ihr Brüder,
in Gottes Namen nieder;
kalt ist der Abendhauch.
Verschon uns, Gott, mit Strafen,
und lass uns ruhig schlafen!
Und unseren kranken Nachbarn auch.

(Matthias Claudius)

Weißt du, wieviel Sternlein stehen?

Weißt du, wieviel Sternlein stehen
an dem bauen Himmelszelt?
Weißt du, wieviel Wolken gehen
weithin über alle Welt?
Gott, der Herr, hat sie gezählet,
dass ihm auch nicht eines fehlet
an der ganzen großen Zahl,
an der ganzen großen Zahl.

Weißt du, wieviel Mücklein spielen
in der heißen Sonnenglut,
wieviel Fischlein auch sich kühlen
in der hellen Wasserflut.
Gott, der Herr, rief sie mit Namen,
dass sie all ins Leben kamen,
dass sie nun so fröhlich sind,
dass sie nun so fröhlich sind.

Weißt du, wieviel Kinder frühe,
stehn aus ihrem Bettlein auf,
dass sie ohne Sorg und Mühe
fröhlich sind im Tageslauf?
Gott im Himmel hat an allen
seine Lust, sein Wohlgefallen;
kennt auch dich und hat dich lieb,
kennt auch dich und hat dich lieb.

(Volkslied)

Durch den Tag

Auch im Laufe des Tages gibt es immer wieder Situationen, die wir mit Gott teilen dürfen. Eine Freude, etwas, was mich mit Dank erfüllt, etwas, was mich ärgert, was mich erschreckt oder wütend macht. Gott begleitet uns durch den Tag und ich kann mit allem, was mich gerade bewegt, zu ihm kommen. In einem kurzen Stoßgebet ebenso, wie in einem längeren Gebet. Ermutigen Sie Ihr Kind von klein auf, Gott am Leben teilhaben zu lassen, ihm alles zu erzählen, so wie man es Mama und Papa, Oma und Opa oder später auch einem guten Freund oder einer guten Freundin erzählt. Die folgenden Gebete wollen ein Impuls oder ein Anregung sein, wie Sie gemeinsam mit Ihrem Kind und das Kind dann später auch selber und mit eigenen Worten, das dem lieben Gott sagen kann, was es gerade bewegt.

Du bist für mich da

Danke, lieber Gott,
dass du mit mir lachst, dich mit mir freust;
dass du mit mir weinst, mich tröstest;
dass du mein Schimpfen aushältst,
dir meine Bitten anhörst;
dass du immer bei mir bist,
egal, wo ich gerade bin.

Sieh mal, lieber Gott

Sieh mal, lieber Gott:
Ich habe Haare und Zehen,
Ohren und eine Nase,
Augen und Hände
und Füße, auf denen ich stehe.
All das hast du mir geschenkt.
Danke, lieber Gott.

Du bist immer da

Lieber Gott,
du bist immer da.
Wenn ich stehe,
bist du da.
Wenn ich laufe,
bist du da.
Wenn ich tanze,
bist du da.
Ob ich springe oder singe,
spiele oder traurig bin.
Immer bist du da.
Lieber Gott, das ist schön!

(nach Psalm 139)

Ich bin etwas Besonderes

Lieber Gott,
wenn ich in den Spiegel sehe,
blickt mich ein Kind an,
das sieht genauso aus, wie ich!
Es lacht, wenn ich lache.
Es weint, wenn ich weine.
Es streckt mir die Zunge heraus,
wenn ich die Zunge herausstrecke.
Das Kind, das bin ich.
Mama hat gesagt:
„Dich gibt es nur einmal!
Du bist etwas Besonderes!“
Ich gehe, wie ich gehe.
Ich hüpfe, wie ich hüpfe.
Ich singe, wie ich singe.
Ich schimpfe, wie ich schimpfe.
Lieber Gott,
du hast mich so gemacht.
Du hast mich lieb, so wie ich bin.
Darüber bin ich froh.

Manchmal bin ich wütend

Manchmal bin ich wütend.
Ich stampfe mit den Füßen
und kann mich selbst nicht leiden.
Dann brülle ich wie ein Löwe,
bin wild wie ein Tiger,
oder brummelig
wie ein Bär.
Lieber Gott,
bitte sei auch dann bei mir,
pass auf mich auf
und zeig mir,
dass du mich lieb hast.

Du nimmst Dir Zeit für mich

Heute ist nicht mein Tag, lieber Gott.
Im Kindergarten gab es Ärger,
dann hat Mama mich auch noch zu Fuß abgeholt.
Das Mittagessen war auch nicht mein Ding
und dann durfte meine Freundin nicht kommen,
weil ich erst mein Zimmer aufräumen sollte.
Aber du bist noch da, lieber Gott?
Bitte nimm dir mal ein paar Minuten Zeit für mich,
vielleicht bessert sich dann meine Laune wieder.

Lieber Gott, hilfst du mir?

Lieber Gott,
ich habe schon ganz viel gelernt.
Aber ich will noch viel mehr lernen,
hilfst du mir dabei?

Danke lieber Gott

Lieber Gott,
danke, dass ich gehen kann
auf meinen zwei Füßen,
dass ich rennen kann,
schnell wie der Wind,
und springen wie ein Hase
und Purzelbäume schlagen,
einen und noch einen
und immer noch mehr.

Danke, lieber Gott,
für die Menschen,
die mit uns durchs Leben gehen,
die mit uns lachen,
die uns die Tränen abwischen,
die für uns da sind.

Danke für meine Mama

Lieber Gott,
ich kann mit meiner Mama
lachen und spielen.
Manchmal helfe ich ihr.
Dann backen wir einen Kuchen.
Und wenn wir müde sind,
dann ruhen wir uns aus.
Danke für meine Mama,
lieber Gott.

Danke für meinen Papa

Lieber Gott,
heute ist ein schöner Tag!
Wir machen einen Ausflug.
Wir sind mit dem Rad unterwegs.
Mama fährt richtig schnell!
Papa hat heute auch mal Zeit.
Kein Termin, kein Telefon!
Ich spiele mit Papa im Sand.
Das ist toll!
Wir haben schon eine große Burg gebaut.
Schade, dass wir das nicht
jeden Tag machen können.

Danke für Oma und Opa

Lieber Gott,
das ist meine Oma.
Sie hat immer Zeit für mich.
Zu ihr kann ich kommen,
wenn ich traurig bin.
Sie versteht mich und tröstet mich.
Ich habe sie sehr lieb.
Und das, lieber Gott,
ist der allerbeste Opa.
Er weiß fast alles,
was ich ihn frage.
Er repariert mein Fahrrad
und hört mir immer zu.
Lieber Gott, beschütze Oma und Opa.

Danke für die schöne Welt

Danke, lieber Gott, für die schöne Welt!
Wir haben heute so viel gesehen im Wald:
Rehkitze im Wildgehege, eine Blindschleiche,
eine Eidechse, die sich auf einem Stein gesonnt hat.
Einen Ameisenhaufen mit unzählig vielen Ameisen
und Pilze an einem Baumstamm.
Wir haben einen Specht gehört und ein großes
Spinnennetz entdeckt,
das in der Sonne funkelte.
Am Teich haben wir ganz viele Frösche,
Wasserläufer und Fische gesehen
und die vielen verschiedenen Bäume.
Lieber Gott, deine Welt ist wunderschön.
Danke, dass wir mittendrin leben dürfen.

Danke, daß ich auf dieser Welt leben darf

Danke für die Sonne,
die uns Wärme und Licht schenkt.
Danke für den Regen,
denn wir alle brauchen Wasser zum Leben.
Danke für den Wind,
der die Blätter schüttelt
und die Drachen steigen lässt.
Danke für den Schnee,
der die Welt in ein weißes Kleid hüllt
und uns viel Winterspaß bringt.
Danke für die Blumen und Bäume,
die unsere Welt schön bunt machen.
Danke für alle Tiere, die großen und die kleinen,
die das Leben auf der Erde bereichern.
Danke, dass die Menschen,
dass ICH auf dieser Welt leben darf.

eigene Gebete

Schön ist es, wenn Sie mit Ihrem Kind eigene Worte finden:

Die Grundgebete der Kirche

Das Gespräch mit Gott ist immer so individuell und lebendig, wie unser Beten. Es gibt Gebete, die die Christen auf der ganzen Welt miteinander verbinden, die sogenannten Grundgebete. Die wichtigsten finden Sie hier noch einmal zusammengefasst:

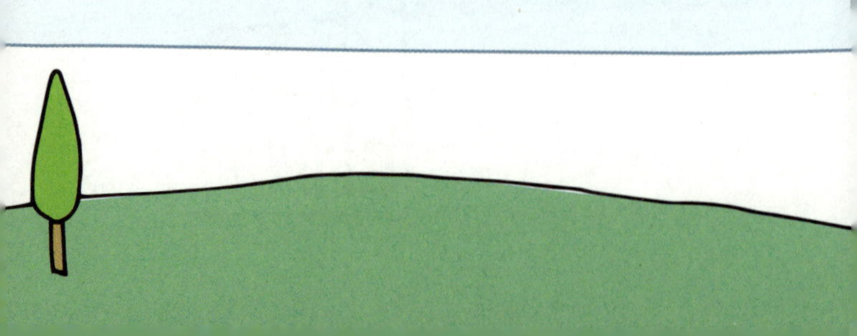

Vaterunser

Vater unser im Himmel,
geheiligt werde dein Name.
Dein Reich komme.
Dein Wille geschehe,
wie im Himmel so auf Erden.
Unser tägliches Brot gibt uns heute.
Und vergib uns unsere Schuld,
wie auch wir vergeben unsern Schuldigern.
Und führe uns nicht in Versuchung,
sondern erlöse uns von dem Bösen.
Denn dein ist das Reich und die Kraft
und die Herrlichkeit in Ewigkeit.
Amen.

Gegrüßest seist du, Maria

Gegrüßet seist du, Maria, voll der Gnade,
der Herr ist mit dir.
Du bist gebenedeit unter den Frauen,
und gebenedeit ist die
Frucht deines Leibes, Jesus.
Heilige Maria, Mutter Gottes,
bitte für uns Sünder jetzt
und in der Stunde unseres Todes.
Amen.

Glaubensbekenntnis

Ich glaube an Gott, den Vater, den Allmächtigen,
den Schöpfer des Himmels und der Erde,
und an Jesus Christus, seinen eingeborenen Sohn,
unsern Herrn,
empfangen durch den Heiligen Geist,
geboren von der Jungfrau Maria,
gelitten unter Pontius Pilatus,
gekreuzigt, gestorben und begraben,
hinabgestiegen in das Reich des Todes,
am dritten Tage auferstanden von den Toten,
aufgefahren in den Himmel; er sitzt
zur Rechten Gottes, des allmächtigen Vaters;
von dort wird er kommen,
zu richten die Lebenden und die Toten.
Ich glaube an den Heilige Geist,
die heilige katholische Kirche,
Gemeinschaft der Heiligen,
Vergebung der Sünden,
Auferstehung der Toten
und das ewige Leben. Amen.

DAS Kreuzzeichen

Wir Christen beginnen ein Gebet und auch jeden Gottesdienst mit dem Kreuzzeichen.
Bei der Tauffeier wird dem Täufling ein Kreuzzeichen von den Mitfeiernden als Zeichen für Christus, den Erlöser, auf die Stirn gezeichnet.
Das Kreuz ist ein Zeichen unseres Glaubens:
Deinen Tod, o Herr, verkünden wir
und deine Auferstehung preisen wir,
bis du kommst in Herrlichkeit.
Das Kreuz ist ein Verbindungszeichen zwischen Gott und den Menschen und den Menschen untereinander.

Er hat Ihnen als Eltern Ihr Kind anvertraut.
Sie wissen nicht, welchen Weg
Ihr Kind einmal gehen,
welchen Zielen es folgen wird.
Aber im Vertrauen auf Gottes JA zu den Menschen
wagen Sie, den Weg gemeinsam
mit Ihrem Kind zu gehen.
Mit der Taufe Ihres Kindes sagen Sie JA dazu,
dass Ihr Kind im Glauben aufwächst
und Jesus als Freund kennenlernt.

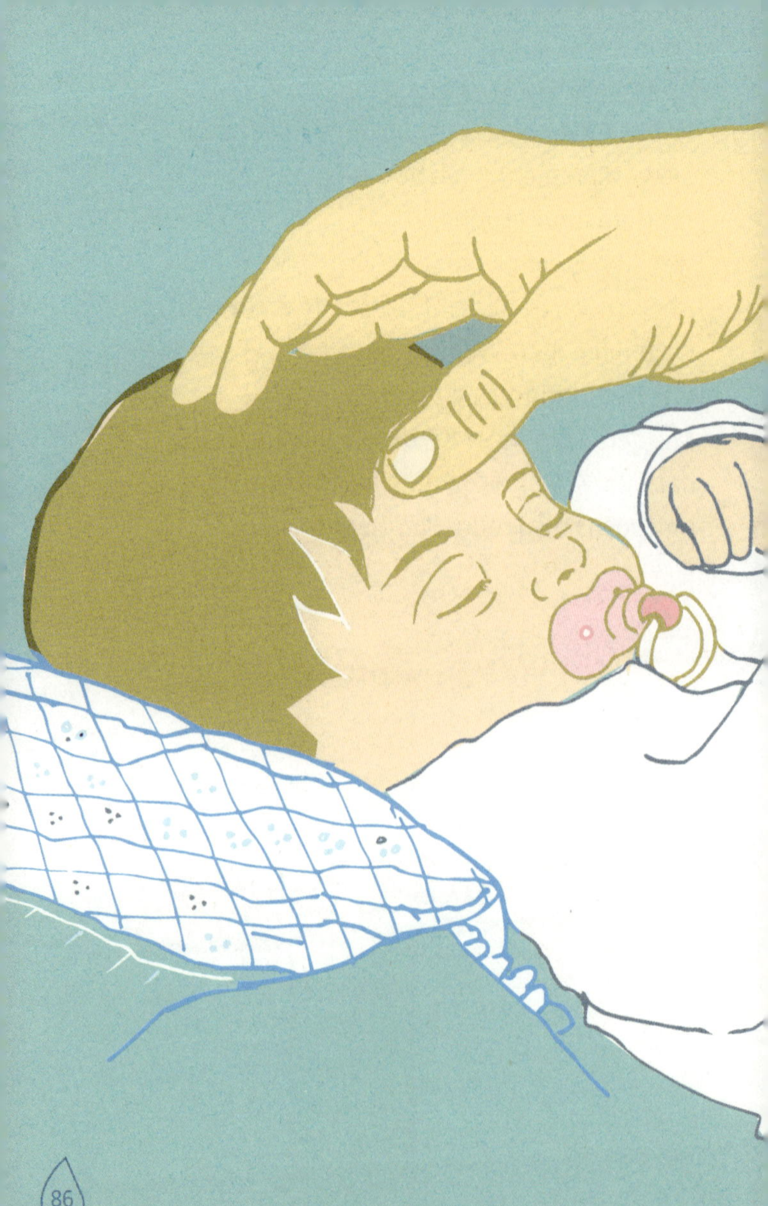

So ist es ein schönes Zeichen, ein Gebet
mit dem Kreuzzeichen zu beginnen:
Im Namen des Vaters
und des Sohnes
und des Heiligen Geistes.
Amen.

Ihr Kind ist noch so klein, dass es noch nicht selber ein Kreuzzeichen machen kann.
Sie können es tun, für Ihr Kind.
Zeichnen Sie Ihrem Kind, wie bei der Tauffeier, ein Kreuzchen auf die Stirn. Segnen Sie es!

Segnen

HEIßT

Gutes zusagen

Wir dürfen immer wieder um den Segen Gottes bitten.
Aber auch wir dürfen segnen und anderen, insbesondere unseren Kindern, Gutes zusagen.
Zu Beginn der Tauffeier werden die Eltern eingeladen, Ihrem Kind ein Kreuzzeichen auf die Stirn zu zeichnen, es zu segnen.
Wie schön kann es für Sie und vor allem für Ihr Kind sein, wenn Sie dieses Zeichen als tägliches Ritual beibehalten.
Wenn Sie mit Ihrem Kind den Tag beginnen, wenn Sie es zu Bett bringen, wenn es das Haus verlässt zum Spielen, in den Kindergarten oder später zur Schule geht.
Sagen Sie Ihrem Kind Gutes zu. Segnen Sie es in dem Vertrauen, dass Gottes Zusage Bestand hat:
Ich bin bei euch, ich bin bei dir, ich bin bei deinem Kind.

Gottes Segen sei für dich …

… wie eine Hand, die dich hält

… wie eine warme Decke, in die du dich hinein-
kuscheln kannst

… wie ein leichter Wind, der einen Drachen steigen
und Seifenblasen tanzen lässt

… wie ein Licht, das hell leuchtet, wenn
es abends dunkel wird

… wie ein Haus, das dich beschützt

… wie ein Vogelnest, indem du sicher und
geborgen bist, wie ein Vogelkind

… wie ein schönes und unerwartetes Geschenk

Der HERR segne dich und behüte dich.
Der HERR lasse sein Angesicht über dich leuchten
und sei dir gnädig.
Der HERR wende sein Angesicht dir zu
und schenke dir Frieden.

(Num 6,24-26)

Altchristliches Segensgebet

Der Herr sei vor dir,
um dir den rechten Weg zu zeigen.
Der Herr sei neben dir,
um dich in die Arme zu schließen
und dich zu schützen
gegen Gefahren von links und rechts.
Der Herr sei hinter dir,
um dich zu bewahren
vor der Heimtücke böser Menschen.
Der Herr sei unter dir,
um dich aufzufangen, wenn du fällst,
und dich aus der Schlinge zu ziehen.
Der Herr sei in dir,
um dich zu trösten, wenn du traurig bist.
Der Herr sei um dich herum,
um dich zu verteidigen,
wenn andere über dich herfallen.
Der Herr sei über dir,
um dich zu segnen.
So segne dich (euch) der gütige Gott. Amen.

SEGNEN HEIẞT GUTES ZUSAGEN

Gott segne dich auf deinem Weg

Gott segne dich auf deinem Weg,
dass du unter seinem Segen lebst,
dass du seinen Segen weiter gibst,
dass du anderen zum Segen wirst.
Gott segne dich auf deinem Weg
und bleibe bei dir. Immer!

Der gute Gott sei bei dir

Der gute Gott sei bei dir
auf all deinen Wegen.
Er erinnere dich daran,
das Gute zu tun
und ermutige dich,
deine Fehler zu bekennen.
Dafür erbitte ich dir Gottes Segen.

Der Segen des Tobit

Gott im Himmel möge euch sicher führen
und euch mir sicher und gesund zurückgeben!
Und sein Engel begleite euch zu eurem Schutz,
Kind! (Tob 5,17)

Die Autorin

Pia Biehl, geb. 1965; Mutter von drei erwachsenen Töchtern. Seelsorgliche Begleitung in einer Wohn- und Pflegeeinrichtung. Autorin von Kinder- und Jugendbüchern.

Die Illustratorin

Anna-Katharina Stahl M.A., geb. 1974, künstlerische Ausbildung in Stuttgart, Saarbrücken und München. Artdirektorin in Frankfurt a.M., seit 2005 selbständige Grafikdesignerin, freie Illustratorin und Künstlerin.